청어詩人選 15

김종선 시집

노을 속에 물든 그리움

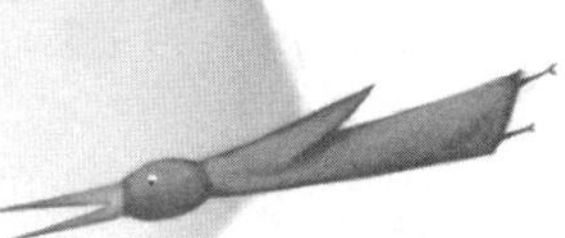

청어

노을 속에 물든 그리움

김종선 지음

발행처 · 도서출판 청어
발행인 · 이영철
기 획 · 손영국 | 이동호
영 업 · 이진수
편 집 · 김영신 | 김인현
디자인 · 오주연

등 록 · 1999년 5월 3일(제22-1541호)

1판 1쇄 인쇄 · 2007년 3월 30일
1판 1쇄 발행 · 2007년 4월 10일

주소 · 서울시 서초구 서초동 1588-1 신성빌딩 A동 412호
대표전화 · 586-0477
팩시밀리 · 586-0478

E-mail · ppi20@hanmail.net
ISBN · 978-89-92554-10-7 (03810)

노을 속에 물든 그리움

시인의 말

세상의 수많은 사람들이
햇살이 곱고 따스하게 내리는 날이나
소리 없이 흔적만 남기고 가는 비가 내리는 날이나
밤바람 싸늘히 불어와 창문을 두드리며
별빛 찾아 잠을 잃어버린 날이나
커피 한잔의 진한 향을 음미하며 음악에 취해있는 날이면
어김없이 그리운 이를 향한 애틋한 사랑의 마음을 가슴으로
뜨겁게 타는 심장의 불꽃으로
노래하고 싶은 마음 간절할 것입니다.

『노을 속에 물든 그리움』은
가슴이 찢어질듯 아프고 아픈 그리움에 눈물 흘리고
머리가 아닌 가슴으로 사랑하던 순간의 행복을 떠올리며
내일의 희망을 담은 글들입니다.

사람이라면 누구나 사랑으로 행복하고
이별로 아파하며 그리움에 눈물 흘려보지 않은 이 없을 것입니다.
나 또한 수없이 행복해 하던 시간도, 수없이 아파하던 시간도,
한없이 흐르던 눈물에 힘들었던 시간들도 많았습니다.

하지만 말로하지 못하는 마음속 언어들을 글로 적어가는 순간
알 수 없는 편안함을 얻었고 수많은 사람들이 비슷한 마음에
행복하고 슬퍼하며 눈물 흘리는 것을 알고
위안을 삼을 수 있었습니다.

사랑을 하는 이들의 마음,
이별을 경험한 이들의 마음,
애틋한 그리움에 눈물 흘리며 기약 없는 기다림으로
힘들어 하는 이들의 마음이 모두 비슷하다는 것입니다.

그러므로 이렇게 그리움과 사랑 그리고 희망의 글을
하나의 글로 하나의 마음으로 적어올 수 있었던 것입니다.

사람의 마음을 글로 모두 옮길 수 없겠지만
사랑했던 시간들 이별의 순간들 그리움의 기억들
또 희망이 담긴 글들을 부끄러운 마음으로 옮겨 적었습니다.

글은 쓰면 쓸수록 어렵고 힘들다는 것을 알기에
앞으로도 마음속 눈으로 들여다보며 머리가 아닌 가슴으로
한자 한자 적어갈 것입니다.
우리 사는 세상이 사라지지 않는 한
사랑과 이별과 그리움은 늘 우리와 동행할 것이기에……

매화 향기 흩날리는 계절에
김종식

c·o·n·t·e·n·t·s

1

그리움에 물들다

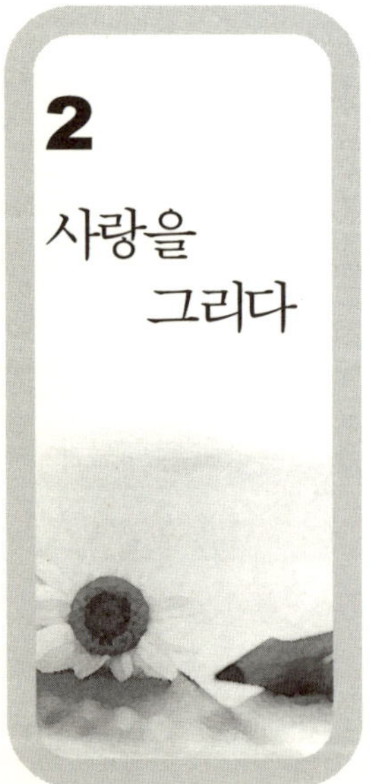

2

사랑을 그리다

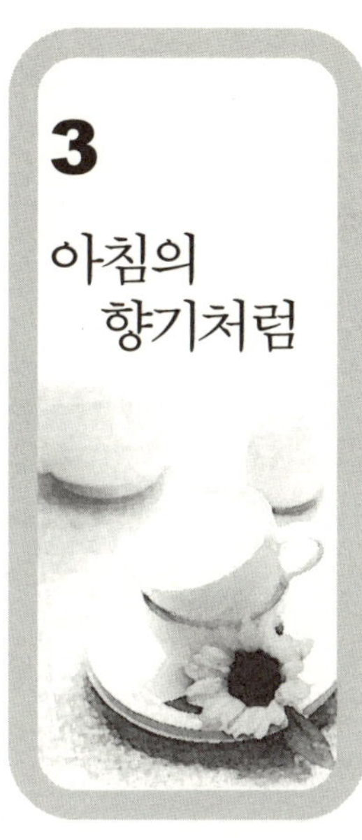

3

아침의 향기처럼

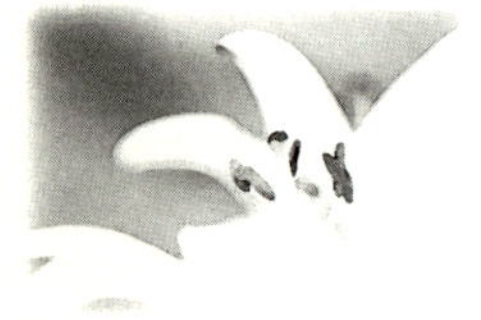

· · · · · 노을 속에 물든 그리움

1
그리움에 물들다

밤이 깊어 가면 갈수록
환해지는 가로등 불빛 아래
수북하게 쌓여가는
그리움을 지울 수 없는 것은
당신이 가슴속 유일한
나의 사랑이었기 때문인가 봅니다

· · · · · · 노을 속에 물든 그리움

기억

기억을 놓아버려
눈물조차 흘릴 수 없었다

추억을 찾아 떠난 기억
영영 돌아오지 못할
강을 건넌다

새가 되라 합니다

무리를 떠나
비바람 이기며 하늘을 나는
한 마리 갈매기는 힘에 겨운 듯
제자리를 맴돌며 울고
파도는 비바람과 하나 되어
해변을 삼키고 있습니다

발가락 간질이며 스며들다
흔적 없이 쓸려가는 바닷물은
부끄러운 듯 내 발등위에
모래를 얹어두고 사라집니다

내 발길 붙잡은 파도는
나를 짓누르는 무거운 짐 벗어던지고
자유로이 하늘을 나는 새가되라 이야기합니다

바람에 붙잡혀 제자리를 맴도는
힘없는 작은 새일지라도
자유를 갈망하며 바람을 이기려하는
한 마리 새가되라 합니다

갈 곳 없어 방황하는 나를 버리고
자유로이 날아오를 수 있는
한 마리 새가되라 합니다.

놓지 못한 그리움

밤이 소리 없이 찾아올 때면
어둠 속을 헤매던 그리움이
가로등 불빛 아래 쌓여갑니다

슬픈 세레나데의 선율 속에
긴 한숨이 흐르고
불빛 아래 쌓여 있는 그리움에
눈물이 흐릅니다

밤이 깊어 가면 갈수록
환해지는 가로등 불빛 아래
수북하게 쌓여가는
그리움을 지울 수 없는 것은
당신이 가슴속 유일한
나의 사랑이었기 때문인가 봅니다

놓지 못하고
지울 수 없는 것 또한
사랑했던 그대를
그리워하는 마음이었나 봅니다

빈 잔 가득 남아버린
커피향의 진한 여운처럼
흐르는 시간을 잡을 수 없는
아쉬움처럼

놓지도 지울 수도 없는
그리움은 긴 한숨 되어
어둠 속 허공을 배회합니다

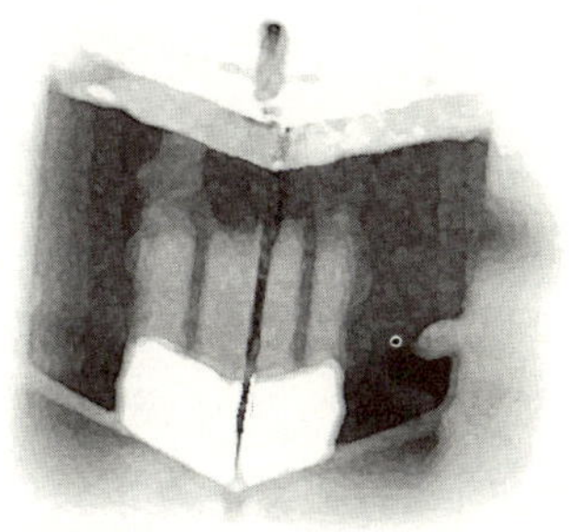

그대 숨결에 기대어

세상의 모든 빛이 꺼져
한 치 앞이 보이지 않았을 때
당신과의 사랑으로 내 가슴속에
불을 피웠습니다

어둠 내린 세상이 두려워
발걸음을 떼지 못할 때
혈관이 타들어가며 발하는 불빛으로
어두움의 두려움을 이길 수 있었습니다

거센 비바람에 휩쓸리고
눈보라 속에 갇혀
삶의 끝자락에 서 있을지라도
나는 두렵지 않았습니다

언제나 내 곁에는
당신과의 사랑이라는 불길이
멈추지 않고 타고 있으니까요

타들어가는 목마름에
물을 찾는 사막의 나그네
그늘 속 샘을 찾아 메마른 입술 적시듯

몸을 가눌 수 없는 아픔이 엄습해오고
정신을 차릴 수 없이 희미해지는 기억 속에서도
당신의 따스한 품이 그리워
당신의 포근한 숨결에 기대어 쉬고 싶었습니다

손 내밀면 닿을 듯한 별빛을 벗 삼고
하얗게 밤을 덮는 물안개를 벗 삼아
사랑으로 타고 있는 내 영혼
당신 곁에 머물러 쉬고 싶었습니다

쉴 새 없이 타고 있는 불길 속으로
밤바람 타고 날아든 당신의 고운 향기가
활활 불태워져 사라지기 전에
그대 숨결에 기대어 쉬고 싶습니다

당신의 빈자리

어느 날부터인지
당신의 사랑을 잊고 살았습니다

눈으로 보려 할수록
가슴으로 느끼려 할수록
당신의 사랑이 보이지 않았습니다

먼 길 홀로 떠나려는 지금
당신의 사랑이 눈에 보이는 것 같습니다

홀로 안개 속을 거닐 때
나에게 언제나 밝은 빛이 되어주시던
당신의 사랑이 가슴으로 느껴지는 것 같습니다

홀로 빗속을 거닐 때
따스한 가슴으로 나를 안아주고
홀로 외로워 눈물 흘릴 때
슬픔으로 눈물 흘려주었던
당신의 사랑을 이제야
느낄 수 있다는 것에 가슴이 아려와
눈물이 흐릅니다

당신이 옆에 없는 지금에야
잊었던 사랑이 보이는 것 같습니다

비어버린 가슴속 빈자리가
당신의 사랑이었다는 것을
이제야 느낄 수 있습니다

당신을 사랑합니다

비어버린 당신의 공간이지만
당신의 그 빈자리까지
나는 사랑합니다

무지개

이름 없이 흐르던
한조각의 구름들이 모여
푸른 하늘 잿빛으로 뒤덮고
비를 내려 대지를 적시듯이

그리움과 그리움이 모여
눈물이 되었고 눈물이 흐른 자리에
슬픈 무지개가 피었습니다

서로를 향한 그리움을 엮어줄 수 있는
일곱 빛깔 고운 무지개는
한 조각 추억을 따라 흘러
서로의 가슴에 뿌리내려
서로의 눈물을 먹고 자라서
서로의 사랑으로 피어올라
둘만의 행복으로 자리 잡았으면 좋겠습니다

해 지고 어둠이 내려도
비구름 몰려와 세상을 덮어도
가슴에 뿌리내린 우리의 무지개는
사라지지 않았으면 좋겠습니다

그대와 나의 눈물을 먹고 자라난
무지개이지만
어둠을 밝히는 사랑의 빛으로
비구름을 거두고 둘만의 행복으로
영원히 사라지지 않는
무지개로 남았으면 좋겠습니다

행복하고 싶은 시간

사랑하는 그대가 그리워
긴 밤 잠 못 들고 방황하고 있다고
하얗게 부서지는 파도 너머
하늘빛 가득한 푸른 바다위에 그리움을
써 내려가 보고 싶은 시간입니다

갈매기의 날갯짓이 자유로운 것처럼
내 사랑도 자유로울 수 있길 갈망하며
바다 빛 닮은 하늘위에도
기억 속 떠나지 않는
그리움을 그려보고 싶은 시간입니다

하늘과 맞닿은 수평선위에
그대와 나란히 마주앉아
서로의 그리움을
바다 향 넘실대는 파도위로
띄워 보내고 싶어지는 시간입니다

수평선 너머로 떠오르는
아침 해를 바라보며
파도가 밀려드는 해변가를 걸으면서
그대 손의 온기를 느끼고

그대 숨결로 행복했던 순간들과
그대 위해 주워들던 한 알 한 알의
빛 고운 작은 조약돌을 기억하며
가슴 따뜻한 그리움으로
행복하고 싶은 시간입니다

별이 지는 밤

고운 영혼의 그대 향기는
작은 들꽃의 향기 되어 코끝을 스치고
맑은 영혼의 꽃망울에서 흐르는
눈물은 별이 되어 지고 있습니다

그대와 나
우리 둘만이 소유한
흐르지 않는 시간을 이어주듯
어둠 내린 밤하늘에는
오늘도 어김없이 별이 지고 있습니다

이렇게 별이 지는 날
우연히 당신을 만나면 좋겠습니다
아련한 그리움에 밀려 떨어지는
작은 별들의 소망을 가슴으로 받아
파도치듯 밀려드는 보고픔을
달래고 싶기 때문입니다

이렇게 별이 지는 밤
가슴속 애련한 그리움 꺼내어
나만의 별 하나 만들어 봅니다

별이 지는 자리에
영원히 지지 않고 반짝이는 별 하나 띄워두고
잠들지 못하는 밤
그 별빛에 젖어들고 싶기 때문입니다

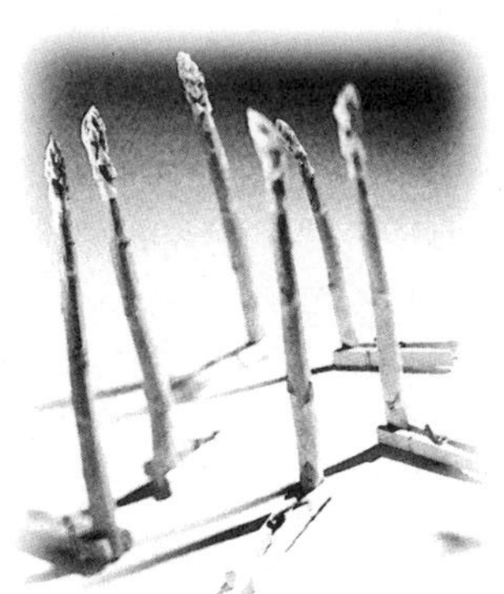

당신 향해 걸으려합니다

지금,

당신이 보고 싶어
밤이슬에 촉촉이 젖어있는
길을 걸으려 합니다

가로등 불빛에 반짝이는
이슬 담은 들풀을 밟으며
가을을 노래하는 풀벌레들의
낯선 시선을 받으며
당신을 향해 걸으려 합니다

달빛에 춤추듯 흐르는
강물의 차가운 시샘을 뒤로하고
하늬바람에 떨어지는
낙엽을 맞으며
보고파 눈물나는 당신을 향해
걸어가려 합니다

잠들지 못하는 내 사랑에게
깊어가는 가을의 밤 풍경 가득한
한 아름의 선물 담아가기 위해
길을 나섭니다

편지 1

석양으로 곱게 물든 하늘가에
가을향기 가득 담긴
편지를 쓰고 있습니다

갈바람에 춤추며
떨어지는 낙엽의 향기 담고

애련한 그리움을
흐르는 눈물로 옮겨 적은
긴 긴 편지를 쓰고

푸른 하늘 수놓은
새하얀 구름으로 곱게 포장하여
흘러가는 시간 속으로
띄워 보냅니다

빈 가슴 가득 채워버린
당신의 흔적에게로

편지 2

저물어가는 가을햇살 아래
오가는 인적 없어 졸고 있는
가로등 불빛을 벗 삼아
그리움에 젖어가는 편지를
써내려갑니다

찻잔 속으로 녹아드는
설탕의 달콤함처럼
그대와의 달콤했던 사랑 이야기
가는 세월이 아쉬운 듯 붉게 물들어가는
나뭇잎위에 조심스레 써내려갑니다

투명한 찻잔을 물들여버린
커피의 진한 향기처럼
서로의 가슴속에 진하디 진하게
물들여진 당신향한 그리움을
기다림의 아픔이 끝나기 전에
편지지위에 써두고 싶습니다

흩어져 피어있는
이름 모를 들꽃의 향기처럼
그대의 향기 가득 담겨있는
내 가슴속 그리움위로 써내려간 편지를
한줄기 투명한 빛으로 다가온 별님에 담아
그대에게 띄워보냅니다

바람에 밀려 떠나는 여름의 끝자락에
살짝 담아 당신에게 띄워 보냅니다

당신 향한 내 그리움 잠들기 전에

가을이 오면

가을이 오면
서글픈 마음에
알 수 없는 눈물이 흐른다

막새바람에 흔들리는
코스모스 바라보면
애달픈 사랑 닮아
촉촉한 이슬 눈가에 가득 고이고

풀벌레소리 가득한 어둠 속
홀로 달빛 속을 걷는
외로운 나그네의 뒷모습에
떠나가던 그대를 보는 것 같아
서글픈 오열을 하게 된다

가을이 오면
보이는 모든 것들에
담겨있는 추억들이
눈물 되어 돌아온다

기억 속 아픔들이
한 통의 빛바랜 필름처럼
가슴을 적시는 비가 되어
돌아온다

* 막새바람 : 가을에 부는 선선한 바람

흔적 1

가슴속 깊은 곳
막혀버린 혈관 속에
그대가 있습니다

흐르지 못하고
고이고 고여 썩어 들어가는
깊은 혈관 속에 그대가 있기에
아파 눈물이 흐르고
깊은 통증이 밀려와
꿈을 꿀 수가 없습니다

내 안에 숨을 쉬고 있는
그대로 인해
고통으로 밀려오는 눈물을
막을 수가 없는 것 같습니다

막혀버린 혈관 속에 남아버린
그대의 흔적들에
눈물을 흘립니다

흔적 2

칠흑 같은 어둠 속에서
작고 환한 불빛하나 보았습니다

창문 틈에 살짝 올려두신
당신 마음이 눈불 되어
이 밤을 훤히 밝히고 있었나 봅니다

밝게 빛나는 저 불빛은
보석보다 더 맑은 영혼에
애달픈 감정의 흔적이었나 봅니다

아니 어쩌면

캄캄한 밤하늘에서 떨어진
당신 향한 내 그리움이
슬픔에 구애하다 지쳐
흘리는 눈물이었나 봅니다

찬란한 아침햇살에 사라질
마음속 눈물의 흔적이었나 봅니다

슬픈 세레나데

칠흑 같은 어둠 속 하늘은
내 슬픔 나누려
한없는 눈물을 흘린다

대지는
흐르는 눈물 온몸으로 감싸며
슬픈 이의 아픔을 위로하고

어둠 속에 채색되어버린
슬픈 영혼의 향기는
하늘의 눈물과 함께
넓은 대지의 품속으로
파고 들어간다

귓전을 스치는
악보 없는 슬픈 세레나데의
곱고 슬픈 선율과 뒤엉킨 빗소리에
어둠 속을 걷고 있는
내 모습이 초라해 보여 목 놓아 우는 하늘과
흠뻑 젖어버린 대지를 벗 삼아
영혼의 향기로 곱게 물든
어둠 속을 걷는다

슬픔을 나누는 하늘과
눈물을 받아주는 대지와
어둠 속 슬픈 영혼의 연주 속에
내 초라함을 감추기 위해

가슴을 태운다

비바람에 몸을 기대어
하늘 향해 춤을 추는 나뭇가지 사이로
작은 새 한 마리 날아든다

춤추는 나뭇가지 사이로
초라하게 젖어버린 작은 몸 하나
쉴 곳 찾아 날아든 작은 새
목청 높여 흐느낀다

짝을 잃은 설움 때문일까
갈 길 잃은 두려움 때문일까
둥지 없이 방황하는
작은 새의 몸부림일까

빗소리에 잠겨 들리지 않을까
소리 높여 우는 작은 새의 모습에
알 수 없는 눈물이 흐른다

홀로 남아 잃어버린
자화상 속 내 모습이
새의 흐느끼는 날갯짓을 닮아서일까

목우(沐雨)하고 있는 내 모습이
길 잃은 새의 두려움을 닮아서 일까
빗속을 걸으며
하염없이 흐르는 눈물로
차가워진 가슴을 태우고 있다

* 沐雨 : 목욕을 한 것처럼 비를 흠뻑 맞음

바보 같은 사랑

술을 마시면 조금은 덜 힘들 줄 알았습니다
잊겠다고 잊어야 한다고 다짐했기에
맨 정신으로는 잊을 수 없을 것 같아
술에 기대어 버린 것 같습니다

하지만

그럴수록 뚜렷이 기억되는 사람
멀리서 나를 바라보고 있을 것 같은 사람
나보다 더 나를 사랑했던 그대가
저 멀리서 바라보고 있는 것만 같아
어느새 눈가에 눈물이 맺혀버립니다

볼을 타고 흐르는 눈물은 어느새
비가 되어 대지를 적시고
떨어지는 빗소리는 어느새
그대의 숨결이 되고 흐느낌 되어
내 몸을 적시고 있습니다

이렇게 눈물비가 흐르는 날이면
바보 같은 사랑을 그리워하며
가슴속에 남아있는 그대의 잔상을 찾아
눈물에 가려 보이지 않는 밤거리를
방황하게 됩니다

바보 같은 사랑을 그리워하며

그리움을 씻는다

정처 없이 빗속을 걸었습니다

옷이 젖고 맘이 젖도록
그렇게 빗속을 걸었습니다

내리는 빗속에 당신과의 추억들을
하나 둘 풀어놓으며
소리 없는 흐느낌 속에
그렇게 걷고 또 걸었습니다

돌아온다는 약속 없이
돌아간다는 기약 없이
빗속을 걸으며
가슴속에 각인된 당신을 씻으려 합니다

빗물과 하나 된 눈물이 강물을 이루고
머나먼 곳으로 흐르고 흘러
시야 속에서 사라지듯이
그렇게 당신을 떠나보냅니다

보고 싶다는 미련을 뒤로하고
그리움으로 흐르는 눈물을 뒤로하고
빗속에 씻기는 당신을 보냅니다

그대 숨소리

내 목마른 그리움을 그대의 따스한 숨소리로
위로받고 싶은 밤입니다

그대를 찾아 시린 가슴 안고
달빛 없는 밤거리를 헤매 보지만
애달픈 당신 모습 어디서도 찾을 수 없어
그리움에 목마른 내 영혼은
안개 속에 졸고 있는 가로등 같은 외로움으로
불빛 속에 눈물 날리는 이름 모를 홀씨의 고독으로
허공 속을 맴도는 그대를 찾지 못해
주저앉아 눈물 흘리고 있습니다

베란다 창틀에 걸터앉아 내 영혼 위로하는
달그림자만이 내 마음 알아주려나

빨간 립스틱 풀어놓은 듯 넘실거리며
유혹하는 와인 빛 칵테일만이
영혼의 눈물을 알아주려나

목마른 영혼이 흘리는 눈물은
그대의 따스한 숨소리만이 멈출 수 있습니다
그대의 숨소리로 이젠 위로받고 싶습니다

비에 묻힌 슬픔

봇물 터진 듯 쏟아지는 빗줄기로
눈가를 적시던 뜨거운 눈물을 씻어내며
하늘을 올려다봅니다

내리는 빗물과
흐르는 눈물이 하나 되어
가슴 한켠에 자리해버린 내 슬픔에게로
흘러가길 기도하며 하늘을 올려다봅니다

비 내리는 하늘위로 그려진
몸서리쳐지도록 아픈 그리움이
빗속을 스치는 바람에 만들어지는
물보라 속에 아쉬운 듯 숨어들고

빗물과 눈물로 흠뻑 젖어버린
내 가슴의 통곡소리는
슬픈 음악을 연주하지만
내리는 빗소리에 묻혀버리고

짙어지는 어둠 속
슬픔으로 통곡하는 빗줄기 속에
감당할 수 없는 그리움으로 밀려와
눈앞에 어리는 그대를
한숨 가득 그려보며
하늘을 바라봅니다

와인빛 사랑

그대 그리움에 이 밤
눈물로 젖어들어 눈을 감으면
그대의 잔상들이
내 가슴을 스쳐 지나갑니다

은빛 햇살의 따사로움처럼
내 영혼을 감싸주던 그대의 사랑스런 모습들이
한 편의 러브스토리 같은 영화가 되어
뇌리를 스쳐 지나가고 있습니다

동공 속으로 내리는 석양빛을 받아
황홀하기까지 했던 그대의 사랑은
와인빛 향기가 되어
내 영혼을 취하게 만들었습니다

그대의 향기로
그대의 모습들로 취해버린 내 영혼은
검푸른 바다위로 지고 있는 석양빛에
찬란하게 빛을 내는 무지갯빛 사랑으로
채색 되어가고 있는 것 같습니다

무지갯빛 사랑으로 물들고
와인 향기로 취해버린
내안의 그대 모습들로 인해
이 밤이 깊어가고 있는 것 같습니다

촉촉이 젖어들어
흠뻑 취해버린 이 밤
떠오르는 그대의 영상들로
무지개를 띄워보려 합니다

그대에게 다가갈 수 있는
와인빛 사랑의 무지개 길을

바다가 그리울 땐

밤하늘이 맑아 별빛 가득한 날이면
바다가 그리워집니다

별빛을 마주하고 일어서는
작은 파도의 일렁임처럼
행복한 그리움으로
기억 속에 잠들어있던
그대 흔적들이 깨어나기 때문입니다

깊어가는 계절 속으로 유혹하는
석양이 아름다운 날이면
바다가 그리워집니다

바다를 물들인 석양을 바라보며
나 또한 당신 향한 그리움으로
물들어 갈 수 있기 때문입니다

곱게 물들어가는 하늘위에
한숨이 가득한 날이면
바다가 그리워집니다

파도에 묻어오는 그리움의 흔적들 속에
어쩌면
어쩌면 당신 흔적이
묻어있을지 모르기 때문입니다

바다가 그리워지는 날이면
노을 속에
별빛 속에
파도 속에 묻어있는
당신이 그리워집니다

별

그리움은
밤하늘의 별처럼
어둠 속에서 더욱 빛이 나는 것

그리움을 찾으며
흘리는 눈물 한 방울

한 방울 한 방울의
눈물로 만들어 수놓은 것이
밤하늘의 별

습관

언제부터인지
나도 모르게 하나의
습관이 생겨버렸습니다

길을 걷다가도
일을 하다가도
깊은 잠을 자다가도
전화기를 열어보는 알 수 없는
습관이 생겨 버렸습니다

오지 않았다는 것을 알면서도
하지 않는다는 것을 알면서도
벨이 울리는 착각에 빠져
전화기를 확인해봅니다

하루에도 수십 번 수백 번
들여다보는 전화기
이젠
버릴 수 없는 나의
습관이 되어 버렸습니다

· · · · · · 노을 속에 물든 그리움

2
사랑을 그리다

설레임 가득 속삭이는
날갯짓으로 불빛을 만들어
사랑을 유혹하는
반딧불이처럼
사랑의 향기로 그릴 수 있는
당신이 있음에
나는 행복합니다

 ····· 노을 속에 물든 그리움

희망으로 띄운 배

고운 그대 오시는 길
청명한 하늘의 흰 구름
길라잡이 세우고

그대 발길 머무는 곳
작은 개울 맑고 순수한
여유로 행복을 드리며

머물다 가신 고운 흔적
부는 열풍 가로막고
고이 지켜드리기 위해

간절한 소망 담아
희망으로 만든 배 하나 띄워둡니다

그런 사람이 있습니다

햇살이 머무는 창가에 앉아
거리에 가득한 라일락향기
함께 하고픈 사람이 있습니다

거리의 풍경을 배경삼아
따스한 커피 한 잔 손에 얹고
사랑을 속삭이고 싶은 사람이 있습니다

하루하루 지쳐가는 시간 속에서
마주하는 눈길만으로도 행복할 수 있는
그런 사람이 있습니다

인생의 고단한 여정을 함께하며
서로에게 의지되고
서로에게 힘이 되고 싶은
그런 사람이 있습니다

서로의 기억 속에
마지막 행복으로 기억되고
서로의 삶 속에서
마지막 사랑으로 기억되고 싶은
그런 사람이 있습니다

서로의 영혼 속에 등불 되어
서로의 길을 밝혀주고
고운 향기 되어 행복을 주는
그런 사람이 있어
나는 행복합니다

사랑을 그리다

창가에 수놓은 아침 햇살의
따스함 속에 눈으로 그릴 수 있는
작은 행복 있듯이

키 작은 찻잔 위로 그려지는
따스한 커피의 향긋함 속에
코끝을 맴도는 작은 행복 있듯이

가슴속 가득한 사랑으로
당신을 그릴 수 있음에 나는 행복합니다

밤하늘 어둠 속에 작게 빛나는
별빛들이 그려놓은 아름다운 풍경처럼

설레임 가득 속삭이는
날갯짓으로 불빛을 만들어
사랑을 유혹하는 반딧불이처럼

사랑의 향기로 그릴 수 있는
당신이 있음에 나는 행복합니다

푸른 잔디 위를 날아 희망의 꿈 그리는
민들레 홀씨의 희망담은 여행처럼
발그레한 모습으로 고개 숙인
가로등 사이로 흐르는
빗방울이 그려놓은 풍경처럼

사랑의 향기로 소중했던
당신과의 추억들을
가슴속에 그려봅니다

당신이었기에

지쳐가는 하루의 시간 속에서도
내가 행복할 수 있는 것은
당신의 미소 가득한 얼굴을 볼 수 있는
기다림이 있기 때문입니다

같은 곳을 향해 달려가지만
서로가 바라보는 시선이 다른 듯
늘 허전함과 공허함이 남지만
당신이기에
당신이었기에
나는 행복합니다

햇살 가득한 창가로 찾아와
곱디곱게 춤추고 있는
한 마리 하얀 나비의 아름다움처럼

꿈결에 들려오는 부드러운 음악의
맑은 숨결과
진하고 따스한 갈색 커피의
그리움의 향기처럼

당신이기에
당신이었기에
나는 행복할 수 있는 것입니다

사랑을 먹고사는 작은 나무

비 내리면
따사로운 햇볕이 보고 싶듯

눈망울에 맺혀진 눈물 뒤에
자리한 그대의 숨결은
내게 커다란 그리움이었습니다

언제나 내게 각별한 마음
심으시려던 그대
그러한 그대 있었기에
오늘도 나는 특별한 사람으로
변해가는 것 같습니다

오늘도 나는
그대의 모습, 행동, 한 마디의 말로
벼락 맞아 시커멓게 타버려 형체도
알아볼 수 없는 한 그루의 나무처럼

벼랑 끝에 매달려 포기하지 않고
어렵게 뿌리내리고
파릇한 새싹을 뽐내려
다가올 봄을 기다리며 비바람을 두려워하는
한 그루의 나무처럼

이별의 두려움 속에
그대의 사랑만을 먹고사는
한 그루의 작은 나무로 변해가고 있습니다

각인된 사랑

눈으로 볼 수 없어 가슴 아려와도
들을 수 없어 눈망울 젖어와도
언제나 가슴속에 간직되어질 사람
내가 사랑하는 당신입니다

함께할 수 없는 아픔을
글로 표현할 수밖에 없다지만
영원히 가슴속에 간직되어질 그대이기에
슬픈 마음 써내려 갈 수 있는 것 같습니다

영원토록 함께 하자던 그 약속이
산산이 부서져 사라지는 파도의 흔적들처럼
내 행복의 시작이며
내 아픔의 시작되어
기억 저편으로 사라져
아픈 상처의 흔적만 남아
가슴 아린 눈물로 가슴에 각인되어
지울 수 없는 내 소중한 사랑

영원히 그대 모습 볼 수 없다 하여도
영원히 그대 음성 들을 수 없다 하여도
영원히 그대 흔적 찾을 수 없다 하여도
가슴 아린 눈물로 각인 되어버린
당신의 흔적들은 영원히 지울 수 없는
내 소중한 사랑입니다

하늘 보기

이른 새벽 뿌연 안개를 뚫고
맑은 햇살을 드리우는 하늘을
헤이즐넛 향 넘실대는 작은 찻잔 마주하며
사랑하는 그대와 보고 싶습니다

보석처럼 영롱한 이슬 위로 비춰지는
투명한 햇살의 아름다움 가득한 하늘을
소중한 그대와 두 손 맞잡고
이름모를 들꽃 향 가득한
길 위에 서서 보고 싶습니다

푸른 하늘위에 수 놓여진
수없이 많은 뭉게구름에 이름 지으며
무언으로 그려놓은 우리 사랑 찾아보며
둘만의 사랑을 담을 수 있는
하늘을 바라보고 싶습니다

이름모를 바닷가 모래밭에 앉아
와인빛 석양으로 깊게 물들어 가는
하늘에 우리가 함께한 시간들을
기록할 수 있는 그런 하늘을 보고 싶습니다

화려했던 시간들을 뒤로하고
어둠 내려 보이지 않는 하늘위에
우리들의 소중한 추억담아 빛나는
별빛 가득한 하늘을 보고 싶습니다

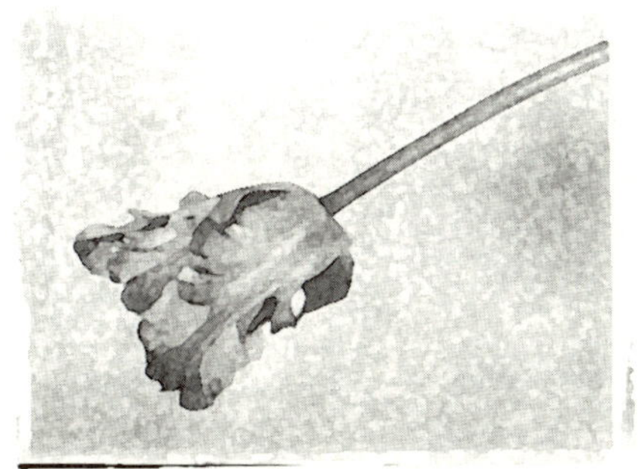

바다를 꿈꾸다

바다가 보이는 언덕에 서면
나는 일렁이는 파도가 되고
수줍은 듯 하늘을 날고 있는
한 마리 새가 됩니다

파도가 입 맞추는 해변에 서면
나는 새하얀 물거품 되어
파도와 하나 되는 꿈을 꿉니다

물결로 출렁이는 바다에 서면
나는 바다위로 잔잔히 내리는
비가 되는 꿈을 꿉니다

바다가 보이는 창 넓은 찻집에 앉아
귓가를 맴도는 조용한 음악소리와
창 두드리는 거센 빗소리로
나는 꿈을 꾸고 있습니다

바다와 하나 되어
당신 찾아 가는 꿈을

사랑을 꿈꾸고 바다를 꿈꾸는
작은 새 되어 꿈속을 훨훨 나는
꿈을 꿉니다

나의 사랑입니다

새벽 창가에 비춰진 달빛 속에
그대 모습이 담겨있습니다

언제부터였는지
어디서부터였는지
나는 알 수가 없습니다

하늘을 붉게 물들이며 내린
어둠에서 시작되었는지

어둠 속에 피어난 별들이
빛을 내는 순간부터였는지
나는 알 수 없습니다

한 가지 분명한 것은
늘 그러했듯
그대는 나와 함께였다는 것입니다

태양 속으로 숨어버린 밤의 그림자가
시간의 흐름 속에 다시 태어나듯
그대는 언제나 내 마음속에
새롭게 태어나던 나의 사랑입니다

바람 불어 좋은 날

바람 불어 좋은 날
당신을 찾아갑니다

바람결에 당신의 향기가
묻어 있고

당신의 고운
미소가 담겨 있기에

부는 바람 움켜쥐고
당신을 찾아갑니다

잠재워 주소서

창을 두드리던 빗방울들이
고요 속 어두움으로 숨어버린 밤

고요 속에 숨어있던 시간들이
내 그리움을 깨웁니다

그리움에 잠 못 이루는 밤
찬바람 사이로 떨어지는 빗방울에
그대와의 추억들로 가득 채워
알알이 구슬 꿰어
까만 밤 창가에 걸어두고
오래도록 간직하고 싶습니다

빗물과 함께 쏟아지는 그리움
빗속에 불어오는 찬바람에 휩싸여
그대 계신 곳까지
바다 위 끝없이 밀려드는 파도처럼
끝없이 흐르고 흘러
내 슬픈 사랑 전하고 있겠지요

사랑하는 그대여
잠 못 이루는 그리움 보시거든
방황하는 슬픈 사랑 보시거든
따스하게 감싸주던 그대아이 추어으로
행복을 꿈꿀 수 있도록 가슴으로 안아주세요

그대의 심장 뛰는 소리로
그대의 불같은 사랑으로
따스하게 잠재워 주소서

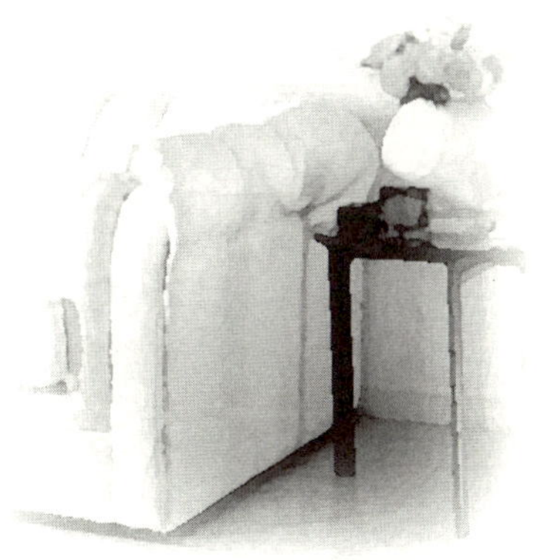

그리워할 당신이 있다는 것

그리워할 당신이 있다는 것은
내게 행복입니다

당신과의 사랑이
한여름 내리는 소낙비에 흠뻑 젖은
프리지어의 촉촉한 향기처럼
가슴속에 번지고 있기 때문입니다

그리워할 당신이 있다는 것은
나에게 커다란 기쁨입니다

미풍에 흔들리는 색 바랜
가을의 흔적들이 아름답듯
우리가 함께한 시간들이
너무도 아름다웠기 때문입니다

그리워할 당신이 있다는 것은
나에게 축복입니다

한겨울 내리는 하얀 눈 위에
가장 먼저 찍어두는
발자국의 행복한 설레임처럼
함께했던 시간들이 가슴 설렘으로
남아있기 때문입니다

그리워할 당신이 있다는 것은
나에게 눈물입니다

하얀 종이위로 번지는 한 방울의
잉크자국처럼
시린 가슴으로 퍼져가는
애절하게 보고픈 사람이기 때문입니다

내 그리운 사랑

거세지는 빗속으로 사라지는 그대를
넋 놓고 바라볼 수밖에 없었습니다
오지 않을 것을 알면서도
올 수 없다는 것을 알면서도
그저 바라볼 수밖에 없었습니다

멀어져 가는 그대를
부르지 못하는 내 마음은
그저 흐르는 시간의 길모퉁이에
애절함 가득 담아
놓아둘 수밖에 없었습니다

어둠 속에 흐르는 빗물에
몸을 적시고 부정할 수 없는 이별에
흐려지는 동공 속은 알 수 없는
이슬방울이 가득 맺히고 있습니다

우산 속
소리 없이 가슴으로 흐느끼며
각막을 적시는 야속한 이 시간이
흐르는 세월 속에 잊혀질 수 있을런지

가슴 속 깊게 패여 드는 아픔을
빗줄기로 가려진 허공 속에 뿌려
내 그리움을 만들어 보고 싶습니다

돌아올 수 없는
내 그리운 사랑을 그려보고 싶습니다

바로 당신입니다

언제나 철없는 아이처럼
보고 싶은 그리움
애틋함으로 보채게 만드는 사람

하고 싶은 말은 많지만
말 못하는 아이처럼
그대 앞에 서면 벙어리 된 듯
아무 말 못하고 바보처럼 웃음으로
보고 싶던 마음 대신해 버리는 사람

보고파 달려가고 싶을 때면
걸음마 배우는 아기의 아장거림처럼
마음만 저만치 앞서가는 것 같아
조바심만 가득해지는 사람

함께하는 시간에는
행복이라는 자석이라도 가진 듯
온 세상의 행복들이
내게로 달려들 것 같은 사람

잠시라도 떨어지는 시간 다가오면
생을 다한 시한부 환자처럼
시간 부여잡고 흐르는 세월
멈춰주기를 애원하고 싶은 사람

그렇게 내 마음 채워버린 사람
바로 당신입니다

인연

길을 걷다 우연히 스치는
수많은 사람들처럼
우리 만난 것이 아주 작고 사소한
우연일지 모릅니다

하지만
우연히 스친 인연이라 할지라도
어느새 그대를 기억 속에 떠올릴 때면
몸속 작은 뼈마디 아려오는
고통에 아파하는
소중한 인연이 되어버렸습니다

수없이 지나치는 향기 속에
느껴지는 당신의 향기는
어쩌다 기억되어버린 향기일지도 모릅니다

하지만
어쩌다 기억되어버린
그대 향기일지라도 나에겐
너무나 소중한 기억이 되어버렸습니다

잊으려 할수록 더욱 강렬하게 다가오는
당신의 고운 향기에
심장 속 작은 핏줄까지도
뜨겁게 불타올라
기슴 도려내는 아픔 안겨주는
내 소중한 사랑이 되어버렸습니다

소중한 인연
삶의 일부가 되어버린 소중한 사랑
당신의 기억 속에
당신의 향기 속에
오늘이 행복할 것입니다

그대 숨결

수줍은 듯 떨리던 그대 숨결이
그리워지는 밤입니다

부드러운 아침 햇살처럼
살며시 다가와
내 가슴을 태워버린 당신의
뜨거운 숨결이
너무나 그리워지는 밤입니다

청초한 들꽃에 앉아 쉬는
투명한 이슬방울
새하얀 나비처럼
언제나 맑은 모습으로
내 가슴속에 남겨진 당신이
너무나 그리워지는 밤입니다

오늘밤은
그리움을 태워
작은 불꽃 만들어
당신 오시는 길 밝히고 싶어집니다

별빛의 부드러움을 간직한
당신의 숨결이 길을 잃어 방황할까
숨죽여 당신 주위에 불 밝히고 맴돌아
내 곁을 떠나지 못하게 말입니다

사랑이란

사랑은
앞서 걷는 것이 아니라
함께 걷는 것이다

사랑은
마주보는 것이 아니라
같은 곳을 바라보는 것이다

사랑은
머리로 하는 것이 아니라
가슴으로 하는 것이다

사랑은
밀고 당기는 것이 아니라
함께 손 잡아주는 것이다

사랑은
말하지 않아도
보여주지 못해도
느낌으로 알아가는 것이다

서로의 사랑

얼굴에 미소 띤 행복이
서로의 사랑으로 시작되기로 해요

서로 시작하는 아침이
조금은 다를지라도
사랑에 그리워하는 마음으로
하루를 시작하기로 해요

함께 하는 동안에는
흐르는 시간이 아쉽고
멀어져 있는 시간에는
가지 않는 시간이 야속한
그런 사랑하기로 해요

서로의 향기만으로 따뜻한 행복 묻어나고
서로의 행복 속에서 사랑을 꿈꿀 수 있는
그런 사랑하기로 해요

그대와 나
그리워하는 이유만으로
행복한 사랑하기로 해요
혼자가 아닌
함께 하는 사랑을 나누기로 해요

고백

겹겹이 포장되어 갇혀 있던 마음
한 겹 한 겹 뜯어가며 생긴 상처로
포기하려던 순간들이 얼마나 많았는지

찢어진 휴지 조각처럼
갈기갈기 찢어져버린
사랑의 상처들에 후회하며
뒤돌아서던 이별의 시간이
얼마나 가슴 아픈지
당신은 모르실겁니다

빈 잔에 한숨 섞어
털어 넣은 한잔 술에 뜨겁게
볼을 타고 흐르던 눈물의 의미를

주체할 수 없는 눈물로
길바닥에 주저앉아 하늘을 원망하며
터질 듯한 가슴 쥐어뜯던 심정을
당신은 모르실겁니다

이제 인고의 세월을 뒤로 하고
사랑을 고백하려 합니다

이 사랑을 고백하기 전까지
얼마나 많은 시간을 망설이고
얼마나 많은 발걸음 되돌렸는지
당신은 모르실겁니다

이제 아픔 없고 후회 없는 사랑으로
시작했으면 좋겠습니다

상처와 눈물이 보이지 않는 사랑으로
시작했으면 좋겠습니다

심장을 태워 고백하는
사랑의 마음 식지 않게 그렇게

 ・ ・ ・ ・ ・ 노을 속에 물든 그리움

3
아침의 향기처럼

싱그러운 향기 가득한 이 아침
눈부시도록 밝은 햇살은
내 가슴 열어
따스함 담으라 하고
포근하게 다가온 맑은 햇살은
내 마음 열어
당신을 담으라 합니다

・・・・・・ 노을 속에 물든 그리움

도둑질

날갯짓 하나로 춤사위 펼치던
하얀 갈매기

해무(海霧)로 얼룩진 하늘에
입 맞추며

수줍은 듯 파도 속에 몸을 숨기고

하얗게 부서지는 파도의 몸부림은
사랑을 속삭이던
연인들의 흔적을 시샘하듯
모래밭 기억들을 훔쳐간다

* 해무 : 바다 위에 끼는 안개

굽이 돌아가는 길

굽이 돌아가는 길
골 깊은 풍경에 미소 짓고
산등성 휘감은 하얀 구름병풍 속에
계절이 잊히고

파란 물감 위로 만드는
하얀 솜사탕 한입 가득 녹이며
돌고 도는 강줄기에
하늘을 담는다

졸졸거리며 따르는
시냇물
풀벌레 소리 가득하고

잎 사이 반짝이는
햇살 한 줌
눈 밑 주름살 아래 집을 지어
하루를 쉬어간다

깊은 골 시작된 바람 한 점
계절 잊은 들꽃 흥을 돋워
지친 나그네 기쁨주고

시작된 곳 알 수 없는 물줄기
지나는 나그네의 쉼터 되어
행복 가득 웃음 되어
하늘 위로 퍼져간다

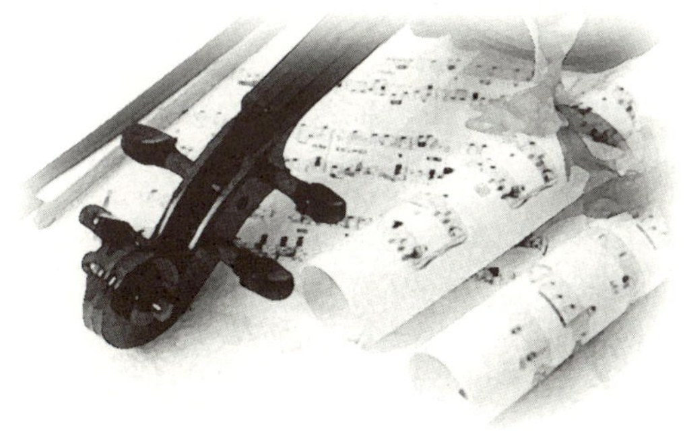

여행

유난히 저무는 노을빛이
우울해 보이는 날입니다

노을빛 우울한 하늘위로 날아가는
겨울 철새들의 날갯짓 따라
돌아올 수 없는 머나먼 여행을
떠나고 싶어졌습니다

한없이 꼬여만 가는 삶의
기나긴 한숨소리 뒤로하고

풀리지 않고 묶여있는 인생의
기나긴 겨울을 뒤로하고

짓눌려 멍들어버린 가슴 활짝 펴고
머나먼 여행길에 오르고 싶어졌습니다

시리고 시려 감각을 잃어버린
가슴속 차가운 겨울들을 벗어버리고
따스한 봄기운 찾아 떠나고 싶어졌습니다

시리도록 우울한 노을빛을 따라
머나먼 여행을 떠나고 싶어졌습니다

가슴속까지 따뜻해질 봄을 찾아
떠나는 먼 여행을

여명

눈물이 메말라 흐르지 않을 때
밤하늘 반짝이는 별을 보세요

가장 밝게 빛나는 별빛은
당신의 눈가에서 메말라버린
눈물이 별이 되어
반짝이고 있는 것이랍니다

가슴이 답답하고 불안할 때
활짝 편 가슴속에
여명을 담아보세요
당신의 삶에
희망의 빛 하나 태어날 것입니다

마음에 슬픔이 찾아올 때
지나온 날들을 뒤돌아보세요
행복함에 미소 짓고
사랑에 행복스럽던
그때를 기억하며 잠시나마
슬픔에 미소 담아보세요

당신의 슬픔이
기쁨으로 바뀌어
행복을 선물해 줄 거예요

어두운 밤 밝혀주는 별빛처럼
어둠 속에 찾아오는 여명의 모습처럼
우리 가슴 속에 희망을 담아보세요

슬픔보다 기쁨으로
눈물보다 웃음으로
아픔보다 행복으로

아침의 향기

싱그러운 바람이 전해주는 느낌이
참 좋은 아침이었습니다

이슬 담은 들풀을 밟으며
온몸을 휘감고 사라지는
싱그러운 바람을 맞으며
아침을 열어봅니다

싱그러운 향기 가득한 이 아침

눈부시도록 밝은 햇살은
내 가슴 열어 따스함 담으라 하고
포근하게 다가온 맑은 햇살은
내 마음 열어 당신을 담으라 합니다

가슴의 문을 열고
마음의 창을 열어
싱그러움 가득한 향기 담으라 합니다

지금 이 순간
포근한 햇살 가슴 가득 채우고
싱그러운 향기 가득 담을 수 있는 것은
아마도
사랑하는 당신과 함께이기 때문입니다

잠시만

잠시 가던 길 멈추고
뒤를 돌아보세요
무엇에 쫓기듯 살아온 세월의 흔적들에
조금은 후회가 될 거예요

잠시 하던 일 멈추고
주위를 둘러보세요
한동안 잊고 살았던
따스한 이야기들에
조금은 여유를 찾게 될 거예요

잠시 가슴을 활짝 펴고
하늘을 올려다보세요
살갗이 아리도록 불어오던
매서운 겨울바람 사라지고
포근함 가득담은 봄 햇살이
당신을 맞아줄 것입니다

우리 잠시 일상의 일들을 멈추어
바쁘게 살아왔던 날들을 돌아보고
따뜻한 주위의 이야기들에
마음의 여유를 찾으며
갈바람에 움츠렸던 가슴 활짝 펴고
따스하게 다가오는 봄을 가슴에 담아요

잠시만 그렇게……

사랑을 담고 싶은 날

오늘은
비 내리는 창가에 앉아
빈 잔 가득 남겨진 커피향 속에
당신을 담고 싶은 날입니다

따스한 온기로 입술을 적시고
향긋한 향기로 가슴을 적시는
한 잔의 커피처럼
차갑게 식어가는 빈 잔에 남아버린
깊고 깊은 향기 속에
당신의 사랑 담아 가슴으로 마실 수 있는
삶의 여유를 가져보고 싶은 날입니다

오늘은
바쁘게 살아온 삶의 시간들을 뒤로하고
부드럽고 향이 진한 커피 한 잔
마시고 싶은 날입니다

잊고 살아온 삶의 여유와
꽃보다 진한 향기 간직한 당신의 사랑과
보잘 것 없는 내 작은 사랑 담아
입 안 가득 맴도는 진한 커피향 속에
담아두고 싶은 날입니다

오늘은
비 내리는 창가에 앉아
빈 잔 가득 남겨진 향기 속에
우리의 사랑을 담고 싶은 날입니다

아침을 맞이합니다

귓가를 맴돌고 스쳐가는 새벽바람이
전해주는 속삭임에
명치끝을 파고들어 감당할 수 없는
아픈 그리움을 묻어두고

새벽이슬에 온몸 젖어
외로움에 떨고 있는
이름 모를 작은 새의 날갯짓 속에
그대 그리워하는 보잘 것 없는
내 작은 사랑을 숨겨두고

맑은 햇살에 잠을 깨는
풀잎 위의 영롱한 이슬처럼
가슴에 스며드는
보이지 않는 그리움을 뒤로하고
아침을 맞이합니다

야위어가는 그리움으로 물들어버린
낯선 거리의 풍경들과
낯선 시간의 흐름 속에
슬픈 그리움을 잠재우고
해맑은 아침을 맞이합니다

행복한 설레임

눈부신 햇살 가득한 겨울날
창가에 비춰진 따스함에
잠시 눈을 감고 생각에 잠겨봅니다

곁에 함께 있지 않아도
포근하게 나를 안아줄 것 같은
따스한 당신의 품속에 있는 듯
행복한 설레임에 미소를 지어봅니다

내 품에 안겨있지 않아도
당신의 두근거리는 심장소리가 들리는 듯
행복한 설레임에 빠져
햇살 속 하늘을 날고 있는
행복에 젖어버렸습니다

겨울날 비춰지는 포근함은
당신을 그리워하는 나의 마음이며
당신을 사랑하는 나만의 행복한
설레임일 것입니다

햇살 속에 감춰진
나만의 작은 설레임일 것입니다

영혼의 노래

희뿌연 안개 사이로 새벽 찬바람이
고이 잠든 도심 속 아름다운
가로등을 깨우는 밤입니다

어젯밤 내리던 비는 바람이 되어
우리 사랑 시샘이라도 하려는지
내 가슴을 휘감고 허공을 맴돌아
당신의 가슴 깊은 곳의 따스한 공간까지
날아가고 싶은가 봅니다

여명 속에 사라지는 별들의 흔적들이
찬바람에 숨어들어
당신의 눈망울 속에 빛이 나고
시샘하듯 불어대는 새벽바람은
당신을 사랑하는 이 마음
영혼의 노래가 되어 가슴속에
샘솟고 있습니다

삶의 마지막 낭떠러지에 서서
바람에 흔들리는 갈대 되어 부러진다 하여도
당신을 사랑하는 영혼의 노래는
결코 멈추지 않을 것입니다

영원토록……

희망

비에 젖어 아파하고
비에 쓸려 슬퍼하는
괴로워 눈물짓는 이들의 얼굴에
아침 햇살처럼 환하게 웃는
미소가 보고 싶다

가슴 깊이 묻어야 할 상처가
아픔의 흔적으로 남을 수 있겠지만
오랜 시간 구름 속 숨어있는
푸른 하늘이 시푸르듯
아픔을 뒤로하고 웃음 짓는
슬픈 이들의 미소가 보고 싶다

잊을 수 없는 고통을 원망하며
눈물 흘린 시간을 보상하듯
곱고 맑은 햇볕으로

내일의 희망을 걸어갈
상처받은 이들의 모습을
환히 밝혀줄 수 있는
연분홍빛 고운 향기 가득한
하늘이 보고 싶다

휩쓸려가 잃어버린
삶의 터전
사라진 웃음을 되돌려줄
환한 아침 햇살이 보고 싶다.

* 시푸르다 : 매우 푸르다

* (수해로 아파하는 이들을 생각하며 쓴 시)

들꽃의 행복

길섶에 주저앉아
아침 이슬에 젖어버린
들꽃의 향기를 느껴봅니다

햇볕을 받으며 곱게 피어버린
이슬 먹은 들꽃의 모습을 바라보며
그 향기에 미소를 담아보고 싶었습니다

세상을 깨우는 햇살 속에
눈이 부시도록 아름다운
들꽃의 행복 속에
살짝 흔적을 남겨두고 싶었습니다

새벽이슬에 길든 행복 속
숨겨진 작은 행운을 찾으며
하루를 사는 즐거움을
느껴보고 싶었습니다

안개숲이 걷히고
어둠을 깨우는 햇살 속에서
길섶에 피어있는 이름모를
들꽃의 향기 속에
나를 물들이고 싶었습니다

고운 향기
맑은 행복
작은 행운 속에
나를 물들이고 싶었습니다

아침의 향기처럼

이슬 먹은 고운 햇살과
부드러운 새벽바람에 실려 오는
향긋한 들꽃의 향기로
눈을 뜨는 아침이면 좋겠습니다

아침 햇살의 눈부심 속에
진하지 않은 커피 한잔과
달콤한 사랑의 입맞춤으로
아침을 열었으면 좋겠습니다

밤새 아파하던 그리움
베갯잇 적시던 슬픔일랑 뒤로하고
새벽바람의 싱그러움처럼
행복으로 사로잡는
아침을 열었으면 좋겠습니다

보고 싶다 볼 수 없는 당신이기에
사랑한다 사랑할 수 없는 그대이기에
욕심은 기나긴 꿈속에 잠재우고
향기로운 사랑만을 꿈꾸며 눈을 뜨는
그런 아침이었으면 좋겠습니다

창틈 사이로 들어오는
햇살의 따스함처럼
향기로운 바람의 푸근함처럼
눈 뜨는 아침이
행복했으면 좋겠습니다

나의 소리 되어

잔잔한 호수위로 피어오르는 물안개처럼
내 안의 추억 따스하게 어루만지며
깊은 고요 속 잠겨있던
당신의 기억들이 깨어나는
가을 호숫가에서 새벽을 맞이합니다

새벽안개 자욱한 호숫가에 앉아
미풍에 흔들리는 이슬방울을
손으로 만져보았습니다

손위에 올려두고
영롱함을 간직하고 싶었지만
흔적 없이 사라지는 것이 꼭
당신의 눈물인줄 알았습니다

황금빛을 온몸으로 받으며
자욱했던 안개를 흔적 없이
쓸어안아버린 작은 호수는
당신의 따스했던 마음인줄 알았습니다

당신과 교차되는 호수의 풍경 속에
가을빛에 흔들리는 물결 속에
그리움은 그려지고

바람 불어 흔들리는 잎새 위에 앉아
애절하게 짝을 찾는 풀벌레 울음소리
당신 찾는 나의 소리 되어
고요한 호숫가를 울리고 있습니다

설레임

바람 불어 좋은날

버들피리 입에 물고
가을하늘 향해
나지막한 설레임을 불어봅니다

가을빛에 취한
해바라기의 해맑은 웃음과
갈바람 타고 흔들리는
버드나무 기나긴 머릿결만이
설레이는 피리소리에
춤을 추는 것 같습니다

잔잔한 호수위에 흐름 없이 떠있는
연꽃의 아름다움 속에 담겨있는
고독을 위로해주듯
피리소리 하늘에 날리며
가을을 노래하고 있습니다

햇살 맑아 좋은날
귓가로 전해지는 조용한 음악소리 따라
버들피리 입에 물고
가을날의 그리움을 불어봅니다

해맑은 하늘에 흰 구름 피어올라
미소 가득한 날

바람이 전해주는 설레임으로
가을을 노래하고 있습니다

햇살이 전해주는 그리움으로
행복을 연주하고 있습니다

가슴에 남은 그대 이름을

빛을 잃은 밤하늘에
기나긴 흔적 남기며 사라지는 유성은
그리움 찾아 떠나는 사랑의 별이랍니다

기다려도 기다려도 오지 않는
그리운 이를 찾아
먼 길 자신의 흔적
고이 남기며 떠나는 것이랍니다

바람 부는 해변가에
하얀 포말로 부서지는 파도는
온몸으로 그대 이름 부르다 사라지는
그대 사랑하는 내 마음의 흔적이랍니다

기다려도 오지 않을 사람이기에
머나먼 바다 건너 깊고 깊은 심해를 지나
당신과 나의 흔적 남아있는
해변가의 추억 지우기 위해 몰아치는
내 마지막 눈물이랍니다

밤새 눈가를 적셨던 눈물을
이른 아침 창가에 스며드는 햇살에 말리고
영롱한 아침이슬에 고이 섞어
당신 이름 석 자와 함께 바람에 날려 보냅니다

멀리 떠나는 별들의 여행 속에
포말로 부서지는 파도의 운명 속에
마지막 남은 그대를 실어 보냅니다

가슴에 남은 그대의 이름을

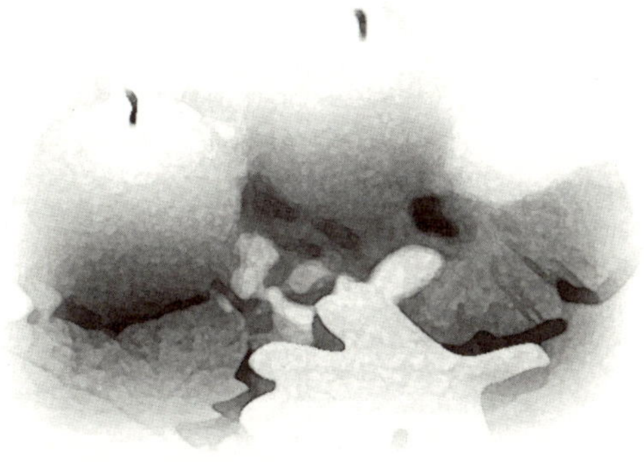

바다와 춤추다

비릿한 바다 내음
파도에 떠밀려 올라온 작은 조개껍데기
비에 젖어 불빛에 반짝이는
깨알 같은 모래알들이
아름답게 조화를 이루니

그 속에 우두커니 서 있는 내 작은 모습
왠지 모를 초라함으로 비춰지고

어둠 내린 바닷가에
한없이 밀려드는 파도소리와
도심의 야경만이 가득하니

파도소리에 잠겨 들리지 않는
빗소리는 내 몸 두드리며
가슴 속 깊은 곳까지
촉촉이 적시고 있다

비오는 밤바다 하늘 가르는
작은 불꽃 꺼질 줄 모르고
밤하늘 날아올라 고함치지만
바다는 모른 척 파도 되어
해변에서 노래하니

바닷물에 발 담그고
초라함 벗어던져
파도와 하나 되어 춤을 춘다

비가 내리는 날에는

비가 내리는 날에는
한 잔의 커피를 마시며
수줍은 듯 번지는
미소를 지어볼 수 있습니다

온 몸으로 비 맞으며
바라보던 하늘이 행복했고

옷 속으로 스며드는 빗물의 느낌과
당신의 부드러운 손길의 느낌이 비슷해
행복해하던 기억으로
어느새 입가에 미소가 번지고 있습니다

비가 내리는 날에는
설레는 마음으로
가슴을 적시는 음악을 들으며
행복에 빠져들 수 있습니다

비와 함께 만남이 시작되었고
음악과 함께 사랑을 싹틔웠던
우리들의 소중한 기억들을
영원히 함께 얘기할 수 있을 테니까요

비가 오는 날이면
향 깊은 커피를 마시며
가슴을 적시는 감미로운 음악을 들으며
당신과 함께이던 시간에 빠져
행복한 미소를 지을 수 있습니다

사랑과 이별

사랑을 기억하고
가슴에 품는 것은
끝이 없는 눈물로
밤을 깨워 당신이라는 별들을
하늘 가득 눈물 빛으로
만드는 것입니다

그러하기에 사랑은
활활 타오르는 심장의
불꽃 속에서 붉게 피어나는
한 송이의 꽃처럼
정열적이어야 합니다

그러하기에 이별은
서로 가슴속에 남아있는
사랑의 흔적을
남김없이 지우고
그리움까지 남기지 않아야 합니다

그렇지 않다면
사랑과 이별은 정답 없이
후회의 눈물을 반복하며
인생의 숙제로 남을 것입니다

커피

진한 커피향에
고독이 피어오르고

비어진 잔 속엔
그리움만 남아있다

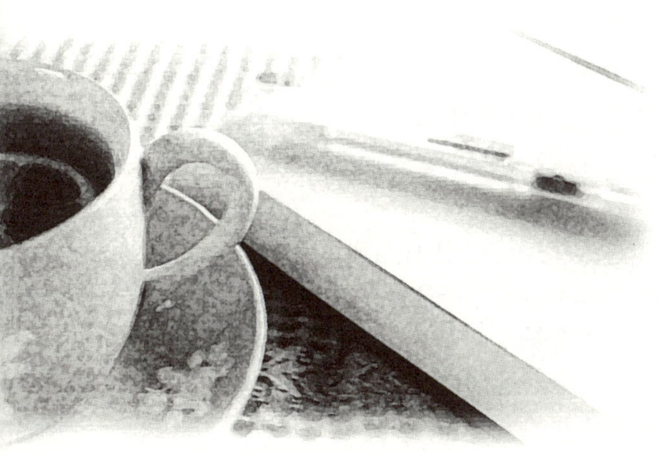

파도

해변에 남겨놓은 발자국은
밀려드는 파도에 휩쓸려
내가 남긴 흔적들을 지워버렸습니다

술 한 잔의 오기로 나의 흔적들을 찾으려
파도와 싸워보지만 그럴수록 작아지는
모습에 더욱 초라해지는 것을 느꼈습니다

거세지는 파도에 밀려
보잘 것 없는 모습으로
해변을 방황하는 작은 조개껍데기들이
파도를 이기지 못하는
내 모습을 보는 것 같아 왠지 모를
안타까움으로 다가오는 것을 느낍니다

바다를 비출 수 없는 하늘빛을 대신해
해변을 비추는 도심의 불빛들은
하늘이 흘리는 눈물을 감춰주고

거세게 몰아치는 파도는
빗물에 감춰진 도심의 불빛들을
온몸으로 감싸 안아

오색 빛 현란한 무지개를 만들어
왠지 모를 어색함으로 내 몸과 하나가 되어
비 오는 바닷가를 고독으로 물들이고 있습니다

파도는 그렇게 모든 것을
사로잡아 자기 것으로 만든다는 것을
이제야 알 것 같습니다

초라해진 내 모습까지도

흐르지 않는 시간 속에

어두운 밤
출렁임으로 휘저으며
파도치듯 하염없이 밀려들어
작은 가슴 눈물로 적시고
사라지는 그리움에
이 밤을 헤매고 있습니다

코끝을 스치는 향 깊은 커피 한 잔에
유난히 빛나는 별 하나 띄워두고
별 하나의 추억 속에
흐르는 눈물로 휘저으며

흐르지 않는 밤의 열기 속에
메말라가는 차가운 입술을 적셔봅니다

그대와의 추억들이 가슴으로 스며들어
카푸치노의 깊이 있는 거품처럼
행복했던 사랑의 발자국이
가슴에 부풀어 눈물로 넘쳐나고 있습니다

어둠으로 얼룩진 하늘위에
유난히 빛나는 우리들의 추억들을

연한 갈색 카푸치노의 진한 향기처럼
부풀어 넘치는 내 가슴속 눈물로
흐르지 않는 시간 속에 잡아두고 싶습니다

비를 사랑하는 사람

비를 좋아하는 사람은
그윽하게 퍼지는 진한 커피향의 깊이를
즐길 줄 아는 사람입니다

넓은 창에 기대어
고독을 즐기며 빗물 되어 떨어지는
그리움을 그릴 줄 아는 사람입니다

비를 사랑하는 사람은
가슴속으로 파고드는
갈색의 향기 속에 담겨있는
추억을 떠올리며
행복해할 줄 아는 사람입니다

흐르는 빗물에
지나온 세월의 아픔을 씻으며
가슴을 두드리는 빗방울에
내일의 설레임을
만들어갈 줄 아는 사람입니다

지나온 삶의 흔적들을 떠올리며
내일의 설레임과
가슴 깊은 그리움을 즐길 줄 아는 이
비를 사랑하는 사람입니다